红　燕

Red Swallow

荆钟凡　著

By Zhongfan Jing

加拿大国际出版社

Canada International Press

书名：红燕
作者：荆钟凡
出版：加拿大国际出版社
印刷版国际书号 ISBN 978-1-990872-96-9

电子版国际书号 ISBN 978-1-990872-97-6
2024 年 7 月第一版
2024 年 7 月第一次印刷

Book Title: Red Swallow
Author: Zhongfan Jing
Publisher: Canada International Press
Print ISBN：978-1-990872-96-9

EBook ISBN：978-1-990872-97-6

First edition, Jul 2024

First printing in Jul 2024

谨以此书

献给所有独立思考的人们

红燕

红燕

引子

　　我想写一本关于女间谍的书已经好几年了。谍战戏，总是男子群像戏，其中有一两个浓妆艳抹的花瓶点缀，古今中外，莫不如是。这些女子，也有各自进入这个行业的故事，不只是好颜色的背景板。因为东方受儒学思想影响，东方人常觉得男性只要做出一番事业，英雄不问出身，可是女性，处于这个行业，却常常因为不守社会风俗和大众对女性善良的期待而得不到宣传。男间谍，在解密后，常被称作英雄，可以吹牛吹一辈子，而女间谍，却基本上都悄无声息地退出了历史舞台，而不希望大众投射太多的目光在她们身上。其实，因为信仰、胁迫、情感、利益，女间谍们进入这个行业的原因各不相同，背后的精彩纷呈也足够写一本书。除了奇闻艳事满足读者们的口味，我更专注于描述这个行当的女人的内心世界。因为工作要求和特质，这个行业女性占比极低，而色情间谍占比就更低，低到只有百分之零点几。性别比例的极度不平衡，和这个行业的保密性，赋予了这类女性在大众眼中的神秘色彩。

　　我在英语社会完成了我大部分的教育，之所以使用中文创作，是因为此书有相当多涉及中国的内容，我只有用中文才能表达得淋漓尽致。每个民族都有自己的语言，我认为只有中文才能表达出我们在那种环境生活过的人才能理解的情感。此书篇幅有限，我也是在读书工作之余挤出时间写的，自然无法囊括全部大众的兴趣点，之后还会有更多作品，敬请期待。感谢加拿大国际出版社对此书出版给予的支持。出版前，我一直担心遇到出版商随意篡改内容。要知道当代谍战题材，哪怕是小说，也是敏感的，增之一分则有安全隐患，减之一分则无法引起读者兴趣。感谢出版社的通透，使得这本书完全没有经历改动，原貌呈现在各位看官眼前。

中国当朝，从来没有承认过一个外派间谍。即便是在国家安全被屡屡推到前台的近些年，中国也是单方面指责他国而全面封锁内部信息，国内的作家们只能围绕着二战过过干瘾，这使得华语谍战几乎是停留在上世纪而鲜有关于现代和平面纱下的新型暗战的文学创作。此书应该是华语历史上首部描述中国当代色情间谍的小说，弥补了该领域的空白。千秋功过谁与评说，期待各位读者提出宝贵意见。到与不到的地方，还请朋友们多担待。

——2024 年春于加拿大

　　这是一个非主流的故事，也许会打破你被投喂的对谍战的固有认知。在以下的内容里，没有飞檐走壁，没有枪战，甚至没有信仰。

红燕

目　　录

红燕

红燕

第一章 林下风致

午饭是学生们最热闹的时候。大家端了餐盘坐在一起，兴奋地聊着八卦，学习，未来。朝气总是年轻人身上最吸引人的地方。她和自己专业的同学们坐在一起。对他们这些天之骄子来说，未来是广阔且美好的。国际政治系的学生，又可以进体制，又可以进外企，考个托福对这些英语专八的文科学霸来说也不是难事，出国也有着大好前程。今天午饭，大家讨论的热门话题，是老师刚在群聊里发的某著名慈善教育基金会要来学校挑选优秀学生发奖学金的事。其他系的同学们也都得到了通知。无论文理，大家都想得此殊荣，既是钱，又是炫耀的资本。

她也盘算着申请。她性格两面，在上课辩论，与同学交往时，总是闪闪发光，加上她全校有名的美色，是名副其实的系花，才貌双全的女神，走到哪里都引发关注，不发表自己的看法是不可能的。但是私下里，她非常安静。尤其是在与同学有竞争时，她像所有的学霸一样，表面不动声色，内心则暗流涌动。这次奖学金她又是势在必得。夹起一筷子豆芽，她想着，一会儿赶紧去找老师拿申请表，晚上除了再改一遍论文，还得写校庆的演讲辞呢。抓紧抓紧。

大概每个学校都有这样一位文科女神。她的美就已足够令人一见难忘，偏偏还有待人接物的高情商，令人叹为观止的好才学和令人拜倒在石榴裙下的好口才。学校里的典礼都是她上台主持或者作学生代表。这次校庆，市里要来领导看，主任早早安排她做演讲。

就是有一种女人，哪怕再年轻都可以称之为女人。她讨同门师兄弟的喜欢，小学弟为了给她发个微信要犹豫好久，问她各门课程的教授怎么样，只为了和她说上话。师兄们承包了她所有的课间，与她从哲学聊到人类学。教授挑选她当助理，哪怕没有本科生坐过这个位置，教授也愿意为她破例。偏偏她很有分寸，与人距离不会过近，这使得她虽美，却不招惹女生们的嫉妒，也传不出闲话，让老师们纷纷愿意与她相处。真遇上登徒子，她也懂得保护自己，这在这个岁数的女生中，并不常见。

她的温文尔雅，落落大方，使周围的人经常会觉得她出身高贵，不是特权阶层也是深宅大院。对此，她在青春期刚长成时，还会解释。现在也不了。她只会对人们的好奇报以微笑，并说明自己出身平凡。可是鲜有人信。大家都觉得她低调，更是佩服她。久而久之，她树立了自己的形象，站稳了脚跟，基本无人惹她了。

　　其实她在逆境中长大。性格成熟的女孩，往往是吃了比别人更多的苦。她懂得待人接物，因为她深知这对她来说是成本最小，收获最大的付出。一个微笑，能换来便利，不是天大的便宜么。她出生在老家，沿海的小城镇。家人重男轻女，加上她出生的太早，父母没有能力抚养她，她一出生就被留在老家，父母在大城市工作。她的父亲本想让她读完初中再来，可是她的母亲想念她，于是在读小学前，将她接到身边。从小到大，她看的最多的就是父亲因为生活不易而总是板着的面孔。父亲家暴妈妈和自己的记忆太深刻了，这使得她很早就觉得，结婚是不必要的。母亲出去工作，回来晚了，父亲会把母亲在房门外锁一夜。父母依靠知识改变命运，信奉不打不成才。她的童年，是和很多中产家庭的孩子一样的各种课程和特长培训，外带深夜回家后父亲对她各种不满意带来的体罚。英语拿到全市口语大赛第一名，奥数小学一年级就进了市级的奥林匹克训练营，每半个学期的分班考试，她都必须留在超常一班，否则父亲就会摔盆砸碗，喊叫着全家都不过了，全家的钱都用来给你上课外班了啊。长大后，她离开了那个家，去了首都上大学，她不在意成为了家里的骄傲，亲戚朋友间吹嘘的资本，只是庆幸自己远离了这个有毒的环境，性格也变得开朗了很多。除了假期需要回去，她基本不想主动想起那个家，可是这些不美好的记忆，总是时不时的突然从她的脑海中窜出来，很长一会儿都挥之不去。抑郁症是她的秘密。见心理医生是她的秘密。吃药会导致体重增加，那样就不漂亮了，所以她吃药一直是断断续续偷着吃。至于常常比划着割腕，常常计划着去哪跳楼，同学以为她在散步，其实她是在踩点，寻摸一个可以一跳保证死的位置，更是她的秘密。

如果能拿到奖学金，经济上就可以自由一些了。校外，她签约了经纪公司当模特，一周能有两三次的拍摄或者 T 台，赚些零花钱。美色果然是可以卖钱的。父母给她的生活费，是一张母亲名下的信用卡，她的所有消费账单，父母都会看到并与她讨论，且认为是不必要的，可避免的。一个月花的钱，哪怕再节俭，父母也认为可以再少一些，而因为是信用卡，她从来不能存钱留下来一些为自己做打算。因此，她总是很忙，很累，忙着学习，忙着争取奖学金，忙着评奖，忙着工作，给自己一些自由。美女不好当啊，打理头发，买护肤品，买衣服，还有舞蹈课和同学们都参加的聚会，什么不用钱。但是她喜欢现在的生活，因为她终于是一个完整的，具备正常人格和社会交往的人了。

去勤政楼三层找行政老师要了奖学金申请表，她开始填写。就是一张普通的申请表，她都填过多少了，手到擒来。填完了，她顺手放在一本书里夹好，明天交回去。窗外的天色，是首都少见的蓝，且阳光静谧温和。这里真好啊。

第二章 误闯天家

　　申请表交上去一周，学校通知她参加奖学金面试。下午两点，她穿着得体的黑色针织连衣裙，赶到面试的教学楼，基金会的老师说把她排在当天的最后一个了，让她晚些来，七点半来就可以。她回宿舍换了衣服，去健身房跑步，吃了饭回到宿舍冲个澡，再换上裙子爬楼梯来面试了。

　　她又在面试的房间外面坐了半小时。八点了。她有些不耐烦，可是也只能按下不表。玩着手机，一位男老师送一位男学生出来了。

　　"这是今天最后一个了。"门外负责排序的女老师说道。她的目光从手机移开，转过身站起来，看着今天的面试官，给了一个标准微笑。

　　"您好。"她温柔地点头。

　　"你好。进来吧。"

　　站起来面对这位男面试官时，她打量了他一眼，而他也在看着她。有两秒钟，他们的眼神交错，同时望着彼此。这是一位身材魁梧的面试官，大概三四十岁的年纪。他的眼神中，她看出了坚毅和深邃，总觉得有些面熟，又有些异样，却说不清楚。为何这人会有这种特殊的眼神，她日后就明白了，且她日后的脸上，也渐渐爬上了这种行业外的人说不清道不明的神情。

进了教室，在面试官对面的椅子坐下后，她开始分享自己的学习情况。面试官在偶尔打断问些问题之余，一直在用刚才刚一见面同样的眼神看着她。

话题告一段落后，她微笑着等着面试官的新问题。而此时面试官继续打量着她。

"你刚才讲得很好，我看了你的申请表。你的学习很好啊。"面试官看着申请表说。

她点点头，刚要接话。

"而且我觉得你长得很漂亮啊。"面试官盯着她，突然笑了。

这样的评价在第一次面试时倒是很少听到。男老师们一般是很担心瓜田李下的，这位老师倒是毫不掩饰地赞赏。她被这突如其来的夸奖弄懵了，没准备回答这种话啊。这怎么接话？这位面试官说完了就安静了，等着她回话。她愣了一秒。

"哦……谢谢。"她低头致谢。

这位面试官终于开始继续聊刚才的学习话题了。聊着聊着，他又开始夸赞她的美貌，说话颠三倒四，总是绕回原点。她不好意思地笑了。

这位老师这是怎么了？被我美成这样了？她暗暗想着。反正能申请到奖学金就行啊，他不过就是夸奖而已。

面试临近结束，面试官和她都站起来。

"你理想的奖学金金额是多少啊？"

"我觉得不设下限吧。都好。"

"哦。"

她感谢完老师，就要转身离开。

"最后一个问题。你想过出国留学吗？你这么优秀，我们基金会也有这样的项目，资助学生出国留学。"

"那好啊。想过。如果可以申请得到资助，那就太好了。谢谢老师。"

"嗯。"

……

两个礼拜过去了，她没有收到奖学金回音。大概是不行吧。那就算了，也不是每个机会都能抓住的。校庆到了。她被安排作为第一个学生代表上台演讲。台下呜呜泱泱的人，这样的场面她很习惯了。演讲结束，她到第一排落座。一位女老师弯着腰从后排走到第一排，在她身边蹲下。

"校领导找你呢。慈善基金会的老师也来了，说一起吃个饭。跟我来吧。"

她跟着老师出了礼堂。一个追她的师兄告诉她给她录了演讲视频，她莞尔一笑，发到我手机上吧。谢谢啦。

出了礼堂，她一眼看到那位男面试官和几位校领导。她向各位老师致意。

"真是好学生啊。"校领导夸赞道，"周主任今天是特意来看你演讲的。你要是被选上了接受奖学金，学校可是要给你好好宣传宣传呢。"

她谦虚地致谢。看来奖学金差不多了。

吃饭在学校食堂的礼宾厅。没什么特殊。往日学校来领导迎来送往都是她，觥筹交错，她远比同龄人要习惯得多。

"奖学金还需要二次面试，"面试官对她说，"大概下周吧，等定好了时间，我把我们基金会的地址发给你，需要你来面试。"

"好的。"

……

第二个礼拜的礼拜五下午，她按照面试时间，来到了老师给她的地址。这是一个三层独栋的小楼，有一个院子，推拉的大铁门，和一位传达室的大爷。位置不算太偏，在首都这个寸土寸金的地方，算是难得了。

传达室的大爷通报了，面试官出来，将她带了进去。

走进小院，几位男老师在院子里站着，看着她。出奇的安静。院子里有一棵水杉，比楼更高。看起来，这个院子有些历史。国有基金会嘛。真是低调啊。

这是一栋中式装修风格的楼，房间很多。她被面试官带上二楼。几位院子里的男老师也随着他们上楼。他们走到二楼尽头的一个房间。

"包和手机就放在外面吧。"面试官说。

她感到诧异。几位男老师用极其怪异的眼神看着她。这眼神中，有杀气，还有警惕。她忽然感到不寒而栗。可是她已经出不去了。还没等她反应，一位先生拿走了她的手机，另一位先生摘下了她的包。

“进去吧。”面试官说。

她往里走。本以为这位面试官应该和她一起进去，可是当她走进去，门忽然在她身后关上了。

房间里是另一位先生，背对着她。听到她进来，他转过身来。五十多岁的年纪，儒雅的皮相里，她却感受到了一丝寒意。

“欢迎加入国家情报部。”

第三章 君不见

　　她觉得自己的身子动不了了。

　　"年轻人，不要这么害怕。这不过就是一份工作。"这位老先生拿着她的奖学金申请表，还有收集的她的资料，在一张装饰华丽的沙发上坐下。"来，坐。"

　　她悄无声息地坐下。

　　"我看过你的资料了。我很满意。长话短说。我们使用这个基金会的名义，是因为这个基金会很有名。我们现在需要培养一批年轻人，安排在海外，为我国的情报事业，民族复兴起到巨大作用。你就是我们选中的人。你长得很美啊。我听说，你在你们学校，读本科就被教授选为秘书了。你天生就是这块材料。"

　　她感觉自己失声了。

　　"你应该明白，现在国际局势错综复杂，灯国与我国关系紧张，如果我们有人在对面，有什么事我们都能尽快知道，那有多好啊。你看像是冰国，有很多人在灯国，一出点什么事，人家都知道，我们可是又瞎又聋啊。"

　　她不知道怎么组织语言。她感到自己被钉在椅子上了。

　　"我们会安排你接受训练，然后送你去灯国留学。去了之后，你要按照我们的指令，广泛接触灯国的官员与富商。你是学国际政治专业的，去了还是学你的专业。灯国学习这个专业的，大多数也是要从政的。你跟你的同学和老师把关系处好了，以后有点什么事，我对你的最低要求就是能够跟以前的同学喝个咖啡，有什么事能马上知道。最好你以后可以进入灯国的政界，搅乱灯国的局势，为我方拿情报，这个我们可以以后再说。我们的能力很强，你需要什么，我们都可以帮到你。但是我们实在很难送人进入灯国政界，我们策反一个抓一个，意识形态不同，我们的人很难融入灯国主流社会。但是你年纪小，我们希望你可以打开局面。是国家养育了你，到了你回报国家的时候了。"

她没有发出声音。

"我知道你岁数小，我说的这些你未必理解得了。但是我看好你。我们的人从学校里把你选出来，而不是别人，是因为小周和我说，他对你的印象和别人都不一样。我们需要一张新的面孔，帮我们打开灯国的局面。"

看到她还是没有反应，老先生又开口了。透过眼镜片，他看到这个女生神情僵化了。

"你放心，你家人我们都会照顾好的。你家人的医疗，我们都可以负责。你还有什么顾虑吗？"

……

"你应该明白，每个红朝人都有为我们龙族的伟大复兴而奋斗的责任。为国卖命，是光荣的。你家有你，你家里从此不会缺什么的。你还小，不懂得以后父母养老得花多少钱。这些我们都替你解决了，你比你的同龄人更早财务自由了。"

“你有什么顾虑，都可以提出来。组织上会为你解决的。”

……

“你不用想没有用的。你的家人都在国内，他们的情况我们都了解了。他们的日子未来过的怎么样，都要看你了。”

最后一根稻草压下来了。虽然她不喜欢那个家，但那毕竟是她的家。她的脸上，浮现出每天辛苦工作的母亲沧桑的面容。

“他们的命运就看你了。”

……

“这是情报员档案，我给你准备了一份内容已经打印好的，你照着把承诺书的部分抄一遍，然后签字。”

门打开了，周老师还在，可已经不是刚才的周老师了。她终于明白她第一次见他的时候，他脸上的神情是怎么来的了。命运，就这样转了一个弯。

她被送进了特工培训学校进行为期六个月的学习。情报部打着基金会的旗号帮她向学校请假了，说她要出国留学了，脱产去上外语课了。学校对她申请上了奖学金的事大力宣传。为此，她中途还专门被情报部送回学校一趟，给学弟学妹们发表获奖感言。又是演讲。她依稀记得上一次站在这个台上演讲的时候。物是人非，恍若隔世。

第四章 从此萧郎是路人

在特工培训学校，她是被隔离培养的。不能有任何其他将要外派的特工见过她，因为她是被首长看中执行最高级别潜伏任务的，她是直接被从学校挑选出来的，不曾拥有过情报部官衔，是崭新的一张脸，所以各位老师都是对她一对一授课。她学习所有必备技能，追踪反追踪，取证，话术和礼仪。不同于很多影视剧的刻画，当代的特工培养是非常细化的分门别类的，负责暗杀爆破的接受专门的行动训练，负责联络的接受专门的电讯训练。而她，是色情间谍。

培训她，情报部花了大价钱。她不必浪费子弹，可是装备部要买来最昂贵的洋酒，最珍稀的食材，还要留预算开最贵的酒店房间。烹饪是她必学的。情报部家规，所有人员禁酒，喝酒必须报备。但是外派人员，绝大多数时候自己是自己的决策者，自然是可以随机应变的，她更是例外，品酒，灌酒，是她的工作。

至于核心课程，是她的直属领导，也就是最早面试她的，她进入这个行业的领路人教她。除了在特训学校的房间里，周先生用组织经费，开了这个城市各个最贵的酒店房间。像所有的女生一样，她想过自己未来的男人会是什么样。但是没有想过，自己是为了国家献身了。她的老师，她之后就是这样称呼他，教会她如何在房间里安置摄像头，如何拉着男人在被单上发生关系，这样摄像头才能拍到生殖器官的接触，才有威胁效果。老师很专业，她也知道，这些训练时留下的影像，是她的投名状。

她必须有大量的时间与这位领导兼老师相处。她学会了如何高效地搞定男人，在男人眼中女人如何调情是有用的，以及如何诱导人说出更多信息。

六个月后，大学毕业季，而她也毕业了。回学校收拾东西，同学们惊叹，她越来越漂亮了。那是啊，光化妆就学了几十个小时的课程，用的是花了祖国不少外汇买的国内罕见的化妆品呢。

一位读研的学长对她说，他也希望以后有机会去灯国留学。希望她不要忘了他。

"不会的，一定记得你。"她看着男生的眼睛，温柔讲到。除了本身的性格，职业习惯亦早已沁入骨髓，对所有人都报以微笑，只是现在笑得更职业了，可是这种职业，是行业外的人无法察觉的。

学校男生心目中的女神，早已不是原来的她了。她的心，已经冷了。做情妇，睡高官，结政治婚姻，是她的命运。她的老师多次警告过她，她没有自己谈恋爱的资格，谈的人，必须是有利用价值的。他们还指望着，她以后嫁给灯国国务院的白人官员呢。她的青春，每分每秒都是用来换情报的，不能在没有价值的人身上浪费。

从此，她是一个有秘密的人了。没有人同情过这类女性。她也不会说的。

第五章 此去经年

　　灯国首都机场，一个拉着拉杆箱的亚裔女子出了海关。她要前往的目的地，是灯国无数政客毕业的学府，它常年位于灯国政治系专业排行榜榜首，占据着灯国首都的核心地理位置，很多议员都兼职来此授课。不言而喻，情报部为她选择这所学校留学是对她寄予厚望的。

　　灯国的政治课堂，同学们大概是因为来自发达国家的原因，用祖国的话来说就是大多都有"政治幼稚病"。他们喜欢质疑政府的决断，提问题，而不是像红朝一样，大家背记政策方针。她牢记首长的要求，让她融入，必要时经营出一副反红的面孔，而同学们大部分只是些纸上谈兵的，都没有接触过社会，她的成熟机敏对于这些幼稚的同学们太具备杀伤力了。没有人能想到，间谍就在他们身边。很快，她和大家就成为了朋友，这些人对她没有防备，所有的游行，抗议，都带着她一起去。同学们会骄傲地对她说，你看，这样的现象在你们国家没有吧。

　　是没有，所以我想留在这里。我喜欢这里的自由。

　　她是必须要留在这里的。组织上也会动用关系帮助她留在这里的。可是她不能忘记，自己是不同的。自己从登陆这片国土开始，犯罪就已经开始了。虽然，她不是自愿，虽然，她自认和贩毒的，打家劫舍的不同，可是在法律面前，都是一样的处罚。想到这些，她的心会隐隐作痛。想到在国内的家人，她更会心痛不已。是啊，我喜欢这个自由的地方。可是我和你们不同。我出生在那样一个国度，我去抗议示威没有用。

同学们的单纯是让她觉得舒服的。但是这不够。她的重点不止在于同学们，虽然老师教导过她，一定要和同学们处好关系，他们都是未来的政坛决策者，但是她还必须搞定现在的政坛人物们，也就是她的教授们。

国内的领导们讯息是很灵通的。她这个学期的比较政治课，教授是冰国后裔，专门研究冰国与灯国关系。老师通过加密通讯联系她，让她和这位教授处关系，最好能知道些消息，各种犄角旮旯的消息都好。冰国虽已不复最鼎盛时期的风光，但是影响力一直都在。加之红朝与冰国的关系亦十分微妙，常承犄角之势，通过灯国情报员了解灯国对冰国策略是必要的。

她不想害这位教授。这是一位虽然岁数不小了，但是身材、状态都保持得很好的教授，对自己的现状也很满意，在各个智库担任着对冰研究专家，办公室摆着与家人的照片，无名指戴着婚戒。可是红朝那边已经催得很紧了。

她相信这位教授，虽然在学校教书，但是一定接受过保密防谍训练，她不能做得太直接。这些政客与单纯的军工、航空航天、芯片工程师不同。他们虽然不在情报这个行当，但是总是听过相关的新闻。

　　她这门课学得非常好。每天都坐在第一排，教授总是对她又是点头又是微笑的。终于有一天，她敲响了教授办公室的门。

　　"教授，我觉得，您上课讲的内容，与 PPT 上的不完全一样。我认为您说的话，也是您的智慧财富。我想把您每节课口述的内容记下来，整理出来，您以后可以翻看，如果从这些内容中找到灵感，可以发现新的研究方向。在我们红朝的古代，有的思想家会让他们的学生记录他们的言语，形成文字。在西方哲学史上，也有这样的例子。"

　　"你真是太勤奋了。"教授的眼睛亮了，"这样会不会太辛苦你了？"

　　"不会，我从不缺课，顺手就做了。这也能够帮助我集中注意力，学得更好啊。"

　　一个学期后，教授为她写了推荐信，推荐她去了他担任专家的一家知名智库做研究员。消息传回来，红朝官员狠狠地表扬了她。她没有说她怎么做到的细节。说了这些红朝官员也不会信的，他们只会往龌龊想。她没有动这位教授，而是和他保持了君子之交。她不喜欢拉人下水。她就是一个好好学习的学生。

第六章 笑微微常得君王看

三年时间过去了。她已习惯了这种风筝一样的，牵线人在海另一端的双面生活。她基本达成了领导们对她这一阶段的期待。她毕业后，在灯国首都的智库工作。这些年，她立了大大小小的功，其中就包括，通过上文中提及的这位冰国后裔教授了解到一位灯国派往冰国的间谍身份。红朝通过这个信息交换，铲除了冰国了解到的灯国安插在红朝的间谍。

这位教授终究还是上了她的床。女人的床，不能随便上。当她拿出录像，顾盼生姿地问道，给您的老婆看看怎么样时，她的教授简直无法相信，他眼中这朵白莲花是如此厉害的角色。她把这位教授推荐给了红朝驻灯国的文化参赞，这位教授从此提供的源源不断的情报帮她立了三等功。在读书时，祖国就用了大量外汇以她的名义在灯国做投资，帮她拿到了灯国的永久身份。再过几年，她就是彻底的灯国人了。这样，她离有在灯国从政的资格，就越来越近了。除了学生和智库研究员身份，她还有了商人身份，频频出现于各种政商云集的场合。红朝帮她编造了身份，她是出身豪门的名媛，也是来自红朝的背景人士。她起初觉得，这样招摇的身份对她的潜伏从政生涯不利。但是领导们希望，她可以成为引荐更多灯国权贵进入红朝的中间人，拉动对红朝的投资，还可以伺机让在国内的人对这些人进行策反。灯国奉行资本主义，商人是政客们背后的老板。一个人要背负这么多职能，她常常觉得累，却绝不能表现出有厌烦的时候。她深知，红朝在灯国的人不止她一个。她的一言一行，红朝都知道。内部监视的规矩，她懂。唯有让自己忙的不能再忙，她才能睡得安稳，因为她知道，她在红朝的家人，又安稳的度过了一天。

一个深秋的夜晚，她接到了秘密通讯，让她马上前往灯国在 20 年前还给红朝的前殖民地，香江。

将近二十小时的飞行后，她来到了指定地点，香江三季饭店。要知道，在此之前，哪怕需要见面，都是在内地见。她不知道，等待她的，是什么样的消息。

她开好了房间，因为时差的关系，哪怕长时间飞行让她身心疲惫，她还是睡不着。也不只是因为时差。她犯愁，不知道又出了什么事。洗完澡，她站在落地窗前，将纱帘拉来一小段，望着窗外夜幕下霓虹闪烁的景色。这是海景房，港口停的船五光十色，玻璃略略反光，映射出她酒红缎面连衣裙包裹下的窈窕身段和略施粉黛的明艳面庞。

周老师来了。先是例行公事的缠绵。这些年，每年她至少要回红朝一次。每次回来，肉体关系是不可少的。一个女人的身体，是她能献出的最大的诚意。这也是消磨她的意志，掌控她的手段。不管你现在是什么身份，灯国人，商人，学者，我想搞你就可以搞你。因为你是我们用我们的手段堆起来的沙城堡。我们可以成就你，也可以毁了你。千万别相信，你拥有的那些东西。那都是海市蜃楼啊。

"又学会了新姿势了，"周老师捏着她的脖子，把她的头转过来。"看着我，"他命令道，"是跟你上次接触的那个军火商？"

"嗯。"这种时候，她不喜欢说太多。

美景美人，是情报官职业为数不多的福利。"这次叫你回香江，是因为有一件马上需要处理的事，本来是安排驻在香江的色情间谍做的，但是后来得到了情报，情况有点复杂，所以就叫你回来，领受这个特殊任务的。"

"保证完成任务。"这句话，她至死不敢忘。

"好极了。长话短说。有一个沙漠国的王子，刚跟灯国谈过了接下来十年的石油贸易。他现在在香江潇洒。没有人知道他和灯国贸易代表谈了些什么。红朝现在也在和沙漠国谈价格，我们希望你可以在他身边，搞明白他们说了些什么。"

"我不会说沙漠语啊……"

"他以前在灯国留学。这些国家，每个国家都有一百多个王子，实行一夫多妻制。他们对男女关系开放。"

"您这是打算，把我嫁到沙漠国去？"

"如果有必要的话，需要在他身边埋个钉子。主要是你有在灯国生活的经历，这是香江间谍不具备的。如果你能讨得他的欢心，整个国家都会感恩你的。我们的油价就下来了。"

"听您的。"她知道，这口气，这条命，从来由不得她。

"我们红朝内地在香江投资了一家电视台，正在举办选美比赛，"周老师说道，"这家电视台的老板也是我们出来的人。我们会安排你参赛然后夺冠。这家电视台的老板是香江有名的富商，这两天和这位沙漠国王子一起游玩呢。他会带王子来看选美比赛，最后你赢，把你推荐给他。把握住机会。你是这个计划最后一环，也是整个局的关键。"

"那让我在灯国潜伏的计划不执行了？"

"走一步看一步吧。"

一周后，这场选美盛事的决赛十强出来了。海报贴满了香江大街小巷，LED 屏幕循环滚动着佳丽们的风姿。其中五号佳丽的宣传最多，占据的广告时间最长，拍照也总是在 C 位。不同于其他选美按照身高排大小号，这次选美竟然把最高的放在中间，呈橄榄核分布。

决赛十强要经历为期一个月的训练。佳丽们各有各的美，谁也不服谁。每天训练台步，微笑，礼仪，有的佳丽觉得累了，抱怨了。可是她不觉得累。这跟她当年训练比差远了。

最后一天训练结束，她像往常一样，辞谢了培训老师，出门回酒店。刚一转弯，一个熟悉的声音叫住了她。

"我刚才在玻璃外面看了。不错。"周老师递给她一瓶水。

"谢谢老师。"她低头执意。

"明天之后，你会成为整个香江的话题焦点。我们整这么大的场面，就是为了让你接近他。别让我失望。"

"不会的。我会努力的。"

第二天，选美赛场，人头攒动，闪光灯不停。各界名流，媒体悉数到场。热场的歌舞，来自香江的各个艺术院团。

佳丽们在后台，既兴奋又紧张。她知道自己会赢，所以不紧张，这反而让她有冠军相。

第一圈展示是旗袍。佳丽们梳着一样的发髻，化着一样的妆容。她之前上大学的时候就在经纪公司接受过模特训练，这使得她比其他佳丽更游刃有余地驾驭着旗袍这种难驾驭的中式服装。

比基尼展示让现场变热了，人们身上微微发潮。她轻轻邪媚地一笑，正好笑在评委和 VIP 们的审美点上。

"这位佳丽不错啊。"电视台的余老板拿起玻璃杯呷了一口白兰地，语气暧昧地用英语说道，说完了瞟了沙漠国王子一眼。他已经看醉了，喝美了。沙漠国这种人人罩着面纱的地方，看肉隐肉现的美女机会可不多啊，他这次来香江，已经酒池肉林了很久，可是还没享受够。

"是啊，漂亮的，"沙漠国王子眯着眼睛，"可真够漂亮的。"

"您喜欢，一会儿下来了给您介绍。"

沙漠国王子嘴角掠过一丝笑意。余老板马上领会。鱼咬钩了。

　　她被戴上水晶冠，披上冠军才有的丝绒披肩。得了冠军也没有过分得意，适度的微笑，刚刚好露出的八颗牙与正合适拍摄角度的下颌线登上了当晚亚洲新闻的头版。

　　下了台，她被带往了二层的 VIP 包房。余老板，周老师，还有她的目标，正一边和美女荷官纠缠着，一边等着她的芳驾。

　　周老师总是有不同的身份的。这次，他不是某慈善基金会的主任了，而是香江某旅游公司的老板。你要是去查查，这些身份还真都是货真价实的。好家伙，title 比国务院总理都多。

　　她一开口，标准的英语发音，让沙漠国王子惊艳了。

　　"你还会说英语呢？"

　　"会的，在灯国留过学。"

　　余老板和周老师十分识眼色地退出了房间。走之前，周老师在她胳膊上掐了一把。门咔的一合上，她就倒在了王子怀里。

第七章 陌上尘

　　沙漠国王子并不计划带她回沙漠国。在香江，他们缠绵了一个月，有时不止他们两个，还会叫些别的姑娘，帐都是余老板结。她基本打听清楚了王子与灯国代表的谈话内容，但是像这样的王子，钱收买不了，美色砸不动，吃过见过的主儿，红朝使尽浑身解数，也实在难拿下。走的时候，沙漠国王子给她了一张一千万的支票。她回到情报站述职时交给了周老师。她知道她不能留，她拿钱也没用，也不想留下一个贪财的印象，不管喜不喜欢，总是要终生合作的嘛。支票进了周老师的包，去往哪就不好说了。反正那跟她没关系了。

　　她又回了灯国，现在又多了一个头衔，选美冠军啊。不久，红朝砸钱，在灯国用她的名义办了一个华文电视台，她担任董事长。消息一出，繁花似锦，烈火烹油，各路政客、商人、媒体同行，纷纷来参加开业典礼。这些人，之后也是她的专属访谈节目的嘉宾。不乏有些男人，想借着和她搭上话的机会约出去独处。她都让他们如愿了。广撒网，多捞鱼嘛。

　　她的电视台，类似于余老板的电视台，也旨在推广华语和政治思想软渗透。貌似中立的节目立场，只为了让更多人不反感，愿意多看看这个电视台的节目，只要多花时间停留在这个频道上，总是有潜移默化的影响的。只要让反红的人也不那么反感这个电视台，愿意停下来看，这笔钱砸得就值。

她接受红朝的指令，与民运人士广泛接触。老头子们看到这样年轻有为、才貌双全的美女，纷纷对她印象奇佳，与她对谈学问，惊叹鲜少有女子对政治如此了解。殊不知每次谈话的内容，她回去都会形成文字，传回红朝，第二天，经过浓缩的部分内容，就可能出现在中央政治局领导的案头。

老杨头就是这样一位蓝颜。他喜欢发表意见，在各种社交媒体注册账号，对政治事件发表看法，这既是他的爱好，也是事业。一个人能够把喜欢的事变成自己赖以为生的事业，是幸福的。所以他几乎三句话不离政治，哪怕已经在海外生活了二十多年，依然心在红朝，推文是每天都有，群聊里他最活跃。老杨头早年与老婆离了婚，上飞机来到灯国，孤家寡人。身边同话题的人，绝大多数是男人。她一个媚眼，一个微笑，老杨头每天有什么对时局的新想法，都会形成长长的文字，私信发给她。太好了。谢谢你，帮我省工作量。直接一缩减，发回红朝情报部。都省了她自己形成文字了。

红朝驻灯国使馆要举行红朝国庆招待会了。她读书的时候从来不去红朝使馆，与使馆人员的接触都在外面。工作之后，因为她的生意，她有时会在场合上出现一下，以平民的身份。这次，她收到紧急通讯，让她利用招待会机会，进入使馆。领导要向她当面交代事宜。这通讯不来自平常使用的联络方式，而是紧急呼叫。但是去一趟使馆没什么风险。

国庆当天，寒暄完后，她在使馆礼宾厅落座。借着去洗手间的由头，她抽开身。一位男工作人员手势一指，再一挡，她一转身，躲过嘈杂的人群，上了二楼。

"年轻人，祖国记得你的付出。"情报部驻灯国首都情报站的头子伸出手来。

她连忙也把手伸过去。握手快速，都没有握实，两个人都撤了手。

"叫你来，是因为你以前的直属领导周叛逃了。"情报站领导盯着她的眼睛。

她感到晴天霹雳。他知道她所有的信息啊。

"所以，我们用紧急方式联系你，让你到使馆来，是为了建立新的通讯。周近日借着工作缘由，频频从内地到香江。有 72 小时，我们任何人员都联系不上他了。我们通过情报网，在澳国看到了他的入境信息。他现在已经被澳方保护起来了。"

……

"告诉你，是让你提高警惕，谨防钓鱼。要知道，灯国和澳国是有情报互通协议的。我们的行动人员会伺机而动，不惜一切代价解决掉他。他这一叛逃，损失太大了，他手上不止握着你啊。"

……

"他在红朝的家人已经被我们控制起来了。如果他泄露红朝机密，我国外交部会不予承认，并给予强烈反对和坚决抗议。我要提醒你，如果灯国反情报部问讯你，你就咬死了不承认，这是最好的对抗手段。我们会尽快解决周。"

"好的。"她感觉走出使馆，就会有人跟着她了。

情报站头子冰冷凝视着她：'你要记住，你也有家人呐。周太不负责任了，是吧？"

"是……"走出使馆一百多米，她还在喃喃自语，幸好没人听见。是，太不负责任了。

她知道，一旦出现问题，国家就会不予承认间谍身份。因为她的身份，她总是特别关注这方面新闻。这么多年，红朝从来没有承认过一个外派特务。当年还有的老师骗她，说一旦出问题，把她交换回来也是可以的。她知道不可能。一个会用奖学金骗学生强迫当间谍的国家，怎么可能会救人。也不知道，是谁不负责任。

可是，周老师怎么会叛变呢？哦不，现在不能叫老师了，得叫周某某。他的表现，有时让她觉得他是一个为达使命不惜一切代价的空心菜，有时，她又觉得他沉重得很。他和所有特工一样，是个两面人。工作时不苟言笑，时常教导她要不忘初心。而跟她调笑，也是他的工作的一部分。缠绵完后，又会板起面孔。她对异性断舍离的干脆，全部承自于他的言传身教。这样的人，大概没有人知道他的真实想法。至少他肯定不会跟她说。因为她也是局中人啊。任何工作都可以聊，也可以对彼此释放压力，但却不能说出自己心底的心思。有一瞬间，她甚至有点羡慕周，可是这种想法，转眼就被她父母的身影，和她想象到的周家人现在的景象，所取代了。有什么可羡慕的。换个山头，不还是一样干。没有利用的价值了，他的命就保不住了。这一辈子，都离不开这个行当了。想想这个带她入行的人，也是和她一样可怜的人。

还记得，在红朝训练时，一次在私人会所，她趁着周高兴愿意和她多聊几句的机会，问过周为什么入这个行当。周问她为什么想知道，她就不敢再接话了。周看她没有追问下去，也没有逼问她，就静静地躺着，盯着天花板，吓得她不敢出声。过了很长一会儿，周示意她张开腿。她尽力服侍着周，不敢再做他想。良久，周长舒了一口气，抚摸着她的头发，若有所思，在她已经忘了自己问过的问题的时候，忽然说道，我就是大学毕业考的公务员啊。

是啊。这是您梦寐以求为国效忠的工作。可是，具体的工作内容，和您满腔报国志的时候想得一样吗？您起码最早是自愿的，自己报考的公务员，可我不是啊。一朵花开得最好的时候，被您掐走了。

另一天，听到周再一次的教育她要牢记光荣使命的时候，她谄媚了周一句，"您是有信仰的人啊。"

她没有想到，周马上回道："没有信仰。"他顿了顿，又说道，"不过就是做什么就把什么做好。"

信仰是没有了。可是事做好了么？

第八章 同是天涯沦落人

周被成功暗杀的消息，她是第二天中午才看到的。她一夜没睡，在脑子里把她和周相处的经历几乎全过了一遍。过多少遍也没用。她的手在被子里牢牢握着一盒浸透了氰化钾的烟。

她的眼睛直勾勾的盯着天花板，不敢去看手机，不想听到任何声音。拉着窗帘，她甚至都没有感受到早就亮天了。她起身，看了一眼手机。她看到了约定了的通讯，如果周被成功制裁，国内的领导会用一个公开的社交账号发布一个熊猫相关的内容。反之，会发布一个鲤鱼相关的内容。她看到了熊猫外交又启动了。

第一次危机解除了。下午，她前往某江景公园，约定了如果除周计划顺畅，与情报站上线在此见面。她来到约定好的位置，倚着栏杆，面对着江，风将她的头发向后吹。她的手里，拿着一本中文朱子家训。

"这样吹风会感冒的。"她感到一个身影悄悄地站到了她的右手边。

"不好意思，我等人呢。"

"周先生让我来的。"

她转头，对方被她惊艳到了，眼光上下扫射着，但是一秒后就恢复了情绪管理。这个行当的漂亮女人，干什么的大家都清楚。组织上估计是敲打过所有男特工的，别当她们是香饽饽。她挂着职业的微笑。他们沿着长长的江堤走着。风大，没人听得清他们说了些什么。

她以后不需要大量接收来自祖国的联系了，除非紧急联络，平时就是这位沈先生负责与她的交接了。两人除了交流工作，也略略聊了些个人情况，但是一旦问到不能聊的，或是认为最好避免聊的，被问到的一方就会安静，另一方也不会追问。这种关系，是最稳固的，也是最脆弱的。稳固，这关系就有可能是一辈子的。脆弱，转头，你说过的所有信息，都有可能成为呈堂证供。

周是在安全屋无疾而终的。他们并不知道是通过什么手段。他们不配知道。他们也随时有可能叛。

沈也喜欢盯着她看。不过是偷偷看。他们之间，间隔着小半米。江堤上都是情侣在漫步，他们混迹其中，并不显眼。

"给这位美丽的女士买束花吧。"一个卖玫瑰花的老太太走近了他们。

"不用了。"她马上拒绝。他们的谈话，方圆半米可以听到。她不能允许任何人入侵能听到他们说话的这块安全地带。他们两个低头绕路。

"买一束吧。姑娘多漂亮。"老太太追着他们走。

"真的不用了。"她不喜欢别人跟着她。

"来。"沈走向这位妇人，"给一束新鲜的，含苞待放的。"

　　"没问题，"妇人终于乐了，塞了一把花在她怀里，一边找钱还不忘接着多嘴，"姑娘多漂亮啊。"

　　花钱免灾啊。他们已经接了花要走了，老太太还不忘补一句，"祝你们幸福啊！"

　　"好的，谢谢！"沈笑着挥手，还不忘意味深长地看看身边的她，刻意让她感受到他带有温度的眼神。

　　她微笑致谢。到底是老江湖啊，危机排除能力比她强。

　　这一束花，老太太的一句话，好像刚好撞上了沈的心思，让沈正视了内心的想法，给了他一个开口的机会。她能感觉到，他也不喜欢这份工作，内心也是隐隐作痛的。他是祖国某大学英语系毕业，毕了业进入外交部工作，却因为上面没有人，被抽调进入情报部，现在的公开身份，是某协会的爱国侨领。他说，他当年学英语，可是没想过会做这份工作。说着，他苦涩的笑了。

　　在知道她的身份，不拿她当傻白甜的人中，很久了，她没有见过像这样，还有一点点真实的人了。

　　他们之间似乎达成了某种默契。没有多说什么，天就不知不觉黑了，两人又一起吃了晚饭。

　　"我送你回家吧。"

　　这是违反纪律的。但是管它呢。这么久了，她第一次觉得，她有沟通的欲望。上面的人，也不总是遵守纪律的。工作了这么长时间，她已经明白了。在这个行当，勤勉，未必立功，立了功也没用。这个系统，就像围城，外面看着神秘，看着好，里面的人才知道，不犯大忌讳，每天就这么过着就行，反正是以一生为工作期限，谁也离不开，不欢更何待。她感觉周死了，她也彻底摆烂了。看明白了。

当晚他们就睡在一起了，手机都放在冰箱里。

大概有一种关系，是从肉体返回精神。她感觉她在情绪上对沈形成了一定程度的依赖。可能是因为潜伏工作压力太大，需要像这样的老油条在她身边插科打诨，缓解压力。他们在一起，不总是偷欢，更多是聊些无关紧要的，或是相对无言，默默的坐着，单纯感受到彼此的存在，就已经是一种相互支撑的力量。在双方都没有工作的夜晚，他们基本都过着夫妻生活。

"为什么不在此地结婚啊？"暗夜里，她轻轻抚摸着沈唇上的胡茬。

"不知道什么时候走呢，找个人，在此地安家落户，走的时候多麻烦，"沈的手指从她的发丝中穿过，"我又不像你这么显赫，不结婚也没人注意。组织上没打算给你安排个工作夫妻？"

"还没有呢。"

"咱们，什么都由不得自己。"

沈流下了热热的眼泪，顺着她的手淌下。她感受着这份真实，在黑暗中吻了他。用她自己，给他暂时的抚慰。

第九章 风陵渡口

每次见到老杨，老杨都喜欢拉着她聊很久。她能感觉到，在这个非母语环境，这些老民运都憋的可以。老杨说起话来慷慨激昂，还孜孜不倦地推荐书给她看。某种程度来讲，他们是一样的人。不管离开祖国多久，做的事都还是跟祖国有关。不管离开祖国多远，都有祖国的眼睛时刻盯着你的一举一动。他们，还有很多人，不管是亲红，还是反红，都是靠消费祖国吃饭的。要是有一天，祖国的政权真的被颠覆了，这些人反而也就没有饭碗了吧。她暗暗想着。可是我们这些人呢？我们也就没有用了。狡兔死，走狗烹。但是不会有这么一天的。矛盾总是会有的，我们这些职业特工也是总能找着饭碗的。

可是她对老杨的印象也不坏。他总是在家里做饭给来家里的人吃。他有着知识分子的清高，对目中所及一切都抱有批评态度，但是私德真的不错。他能耐得住清贫，别人夸他，他不受；别人骂他，他也不恼。老杨会问起她家里的人和事，还会宽慰她不要想家。他对她的热络，已经上升到了每天发早安晚安的程度。但是他从来没有说过喜欢她的话，只是告诉她他对一些时事的看法。有时候，一起床，她不必先看新闻，先看老杨发的信息，这一天发生的事，她就基本有所掌握了。这种知识分子，相处起来真的很简单。她就这样，陪老杨消磨着光阴。

沈先生还是一样，有时乐天，有时悲观。这天回家，她看到沈在包饺子。

"这么费事，怎么想起来在这儿搞这个？"她挂起大衣。

"想包了呗。试试手，在这儿虽然挺费事儿，但是还行。一会儿煮出来，看看是不是国内一样的味儿。"

"去老杨头家倒是常吃饺子，他没事儿干啊。"她去洗手。

沈没接话。她凭着特工的直觉，察觉到什么不对。她没说什么，但是预感不好。

饭桌上，沈告诉她，新任务是把老杨诱导到香江，然后会有负责行动的同志把他从香江绑回内地。

她没有说话。又夹起了一个饺子送入口中。她没打算说话。她知道，她说什么都没有用。

"杨老最近的发帖量越来越高了，一天能达到二十多条。他在一些大学做演讲，起初是社区大学，现在是周边的大学几乎都邀请他了，而且从最初来不了多少人，到现在座无虚席。海外民运越闹越厉害了。组织要求，杀鸡儆猴，把他弄回去。"

她感到自己在流泪。她为什么敢在同为情报员的沈面前流泪？她不知道。但是流着流着泪她就哭出声了。她捂着嘴，尽力不发出声音。沈站起来，来到她的身边，抱住了她。她放声大哭。

……

情绪宣泄过了，该开始工作了。她告诉老杨，她选美的电视台关注到了她给他做的专访节目，也想请老杨到香江参加他们电视台的节目。老杨很兴奋，高兴的像个孩子。

"那我得买身儿衣服啊。"老杨的语气中透着期待。她的眼神中流转过一丝悲哀，但是一闪而过。老杨没有注意到。

两个礼拜后，她安排公司的车送老杨去机场了。当晚，她说自己不舒服，没让沈先生过来。

她回家，拿出老杨给过她的书来看。她发现，她从来没有认真看过这些书。

第二天醒来，床头柜上摸到手机，拿过来一看，她的表情先是奇怪，再是意识到了什么，随即变得哀伤，在被子里哭了许久。起床，洗脸化妆，打开新闻 APP 看发生的事。再也没有人每天给她发早安晚安了。

第十章 一花一叶

老杨走了，带走了她心底最后一点温度。她不曾对之前的人有愧，却一直觉得愧对老杨头。这是唯一一个没有非礼过她的人。在他眼里，她一直是那么好。到死，他也许都不知道，是她把他送上了黄泉路。她行事开始大胆起来。与此同时，她在灯国的名气大了起来，而且不止局限于华人圈。她这些年的成功潜伏圆满达到了领导们一开始对她的最高预期。于是她开始执行一项首长一直计划用她做的事——影响灯国大选。

这些年，转在她名下的财产已经富可敌国。她作为多个企业的明面控制人，已经俨然是来灯国实现了灯国梦的成功人士。她的同学们，很多已经开始了从政之路，有家世的走的快些，一代从政的进步的慢些，都巴望着这位女财神，能够支持他们。她以灯国排名第一的政治系的有成就的毕业生的身份，以退为进地接受了 D 党的招揽，成为了 D 党党员。她作为懂政治的财阀，坐稳了党派的交椅，慷慨解囊，支持着她的同学们，同学们的朋友们，同学们的父母们的选举。她还进入了环保领域，其实这是其他同为 D 党财神爷的同僚们关注的行业，他们让她也支持一下。

一旦走到人们面前，就要接受各方的注视。D 党的对手党，R 党资助的媒体，首先关注到她之前参加红朝使馆活动的资料。对此，D 党表示，她只是在加入 D 党之前，作为商人的身份，想要和红朝搞好关系，之后作为 D 党党员的身份，她也会成为红灯之间沟通的桥梁。好了，这是组织认可的行为了。虽然民众也有关注，但是民众的关注点嘛，总是会很快地被别的消息分散的。目前还没有人真正针对她，起底她。

她还是成为了很多有志从政的年轻人的偶像。一代移民，有色人种，女性，弱点她都占全了，但是却能和几代从政的老牌白人家庭打成一片。她的社交媒体经常放出去同事家中吃饭，去同事家里开的酒窖品酒，或是和同事一起接孩子放学，在足球场烤香肠野餐的照片。

沈先生已经不能经常来找她了。她太过惹眼，从政了必须接受媒体监督。但是有工作需要接触时，他们还是会分头去到约定的见面场所，只是不能是在家了。有很多红朝开的会所，餐厅，理发店，其实都是方便红朝情报人员接头而这些年慢慢设立的。这些不惹眼的地方，多少秘密一说过，就烟消云散了。

她生命中下一个最重要的人出现了。而且是他主动来找她的。

麦肯锡先生，我们接下来的篇幅称呼他为麦先生吧，是 D 党元勋家族（至少他自己愿意这样认为）的第三代从政者。他的太爷爷是一位矿工，到了他的爷爷辈，经商发家，混了个县议员当当，对儿子寄予厚望，严格要求，让麦先生的爸爸考上了法学院，成了一名律师，又依靠着他的财力，让麦先生的爸爸当上了参议员，进京主抓司法，却只是党的棋子，始终未混入 D 党的决策圈。到了麦先生这一代，阶级已经有些滑落。他经历过一次婚姻，前妻是军人家庭出身，根正苗红，可是二人的生活看上去光鲜，实际在政界已经基本快要混到外围圈了。前妻终于与富商勾搭上了，带着儿子走了，他也没资格有脾气，但实际这件事给他刺激大发了。家里没有太多挣钱的生意，又把不住挣钱的口子，清水衙门的家族，急需进一位自带土豪气的媳妇。可怜贵族出身的白女大多看不上他，看得上他的，对他并无助益。咱这位野心勃勃，追求进步的麦先生，却不愿意眼看自己在政界止步。他把目光瞄准了这位新贵亚裔名媛。

其实麦先生对于她来说算是低配了。但是政客愿意娶一代移民， 尤其是来自红色国家，又是有色人种的不多。麦先生对她可谓是围追堵截，严防死守，早请示晚汇报，摆明了要娶她。她将情况汇报回红朝，红朝决策层认为这个婚有价值结，如果没有价值了，结了可以再离。

麦先生看事情很透彻，说话也很明白。他柔情蜜意，但却在约会时，很直白地告诉她选择她的目的。"你成为一个几代从政的白人家庭的一部分，对你经商从政都有利，而我希望依靠你的钱选举。我们的结合，可以让我们的声望更上一层楼。"

那就没什么问题了。一个愿打，一个愿挨。虽然她很有钱，也很受党内尊重，但是愿意娶她的，而且确实单身，可以娶她的，麦先生也许是她这个时刻唯一的选择。进入一个白人家庭，意味着她将拥有麦肯锡的夫姓。一个一代移民的华女，熬到自己的名字后面加上了几倍从政的夫家的姓氏，意味着她将拥有更大程度的参与政治的合法性，以及周围人更大的接受度，也摆脱了只能当情妇的命运，虽然显而易见的是，在她婚后，她还必须与婚外的人发展不正当关系，但是她的丈夫也不会管她，也管不了她。很快，他们的婚礼在他们毕业的学校（哦对了，他们还是校友，隔了好多年的那种）教堂里举行。

曾经的她，夜夜新娘。现在，她才第一次穿上婚纱。婚纱太白了。她知道她不配。就是一场演出。

各界名流纷至，大家明着不说，其实心里都明白，麦先生可能在党里的位置要跃升了，都赶来恭喜她。谁说种族不平等？我们白人政客愿意娶一代移民，看到了吧，多么欢乐祥和的氛围。

"你愿意吗？"

"我愿意。"每个政客都是好演员。麦先生笑的多好啊。郎才女貌，豺狼配虎豹。一对佳人的新闻，让他们登上了当日新闻头版。对此，她很习惯了。可是麦先生特别高兴，晚上到家了，她洗澡时，麦先生还在不停地刷着网站。关了灯，麦先生把她压在身下，紧紧地抱着她，抱得她的骨头咯啦咯啦地响。

以后都会是这种好日子。娶了我，可是一条康庄大道。

个人的路，都是个人选的。阎王拦不住该死的鬼。

第十一章　不负春光

　　依靠着她的财力，D 党的确必须得给麦先生点面子。说起来，麦先生这种人，在灯国政界一抓一大把。他们各种资质都有，拉一把就上去了，关键是有没有人拉这一把。单拎出来哪一个听起来都是挺厉害的主儿。但是为什么是一部分人混上去了呢？钱呐，人呐。用红朝的话来说，政治资源呐。

　　在最新的一次总统大选中，D 党候选人伯恩斯获胜成为新任总统，麦先生被总统提名为了灯国的商务部长。他的资历，如上所述，确实符合被拎到任何一个位置接受人民检阅的水平。外界对他的升迁无异议，宣传资料都说他是实至名归。

　　她更忙了。有时，她有些恍惚。自己在为灯国做着一些贡献。好像她也不是一个彻头彻尾的坏人。她捐款给学校，帮助红灯两国之间的商贸谈判，她好像没有完全在做伤害灯国的事。对此，她给自己的心理安慰是这些工作是为了掩护身份必然的。红朝现在非常重视她，她有什么需求，她的丈夫在做哪一个方面的工作，需要红朝表示支持，红朝都会照办。现在，她和红朝的关系，已经不只是红朝剥削她，已经进化成了一种互帮互助的关系。她也麻木了，给她钱就收。她给红朝做了这么多贡献，他们允许她过两天部长夫人的日子，不是应该的么。

　　她的丈夫一直不知道她和红朝的关系。是真的不知道吗？未必完全不知道。麦先生一直知道她和红朝的关系近，对此，他表示支持。当然了，他本来也没有资格反对。但是他知不知道她的真实身份？她觉得可能麦先生确实不知道。但是作为一个政客，他明知自己妻子的资产很多来自于海外势力的扶持，但却并不阻止。而整个 D 党，也装作不知道，所以自然没有人刨她的底。这种东西，需要动你的时候，就说你是境外势力影响。不抓你的时候，哪怕大家都知道你有红朝背景，也没人管。说到底，谁没有点儿事啊。

　　她在灯国用心腹们的名字买了几个稀有金属矿，出口军工、芯片必备的稀有金属给红朝。这种生意，没有背景根本做不了。但是她老公是商务部长啊。谁敢动她。哪怕在灯国明确限制出口的几个国家中，红朝位列第一，但是商务部长的老婆一直在通过改头换面，做红朝国企的生意。哪怕在一轮又一轮的灯国与红朝冷战中，民众以为灯国已经与红朝在稀有资源等领域切割，红朝的资源从来没有断供过。上层的利益勾连，升斗小民是不明白的。在她上大学学政治的时候，她也不明白。

　　随着一次随她丈夫访问红朝，她在红朝成了家喻户晓的人物。红朝央媒给她安排了专访，当年在学校追她的师兄之一已经是央媒的主持人了，再见，只剩下了场面上的套话，努力与梦想云云。一群又一群被审查过的年轻学子向她提着各种幼稚的，吹捧性质的问题。要是她就是一个太太，她可能真的会中招。但是她不是啊。她的免疫系统太管用了。再说了，对她做统战工作没意义。看来两个部门没通气啊。不过她的存在，从一开始训练就是最高机密，不让任何无关的人知道，这是一直的政策。让统战的同志们往上冲冲，正好可以让灯国认为她没有嫌疑，红朝还需要统战她。她看着这些人，你们的级别比我低多了。可是级别算个啥呀。

这一次回国，情报部还是使了个手腕，说是邀请她和红朝的部长太太们一起打麻将，她丈夫就没有跟着一起去。她借故有时差，上楼休息，见到了最早和她谈话，让她签情报员档案的老先生，现在已经是副部长了，还有正部长和国务院总理。太太团在楼下笑的嘎嘎的，上了楼一关门，什么都听不见了。

"总理对你的贡献，评价是居功至伟啊。"多年不见副部长了。他在下属和在领导面前果然是两幅面孔。

"领导们栽培。"

"党国栽培，个人表现。"总理真人跟镜头下看上去不一样，感觉矮小了很多。在很多人面前和近距离看也不一样，真就是个糟老头子，套了身西服，一头连头皮都染黑了的黑发格外扎眼。跟他相比，自己的丈夫还是好多了。

他们把她围坐在沙发的中央。这感觉有点奇怪，好像是她既是自己的同志，又已经受了对面的污染。他们对她，不敢太使劲的敲打，因为现在对她确实非常倚重，她的现状，是副局长当年幻想过的，但是当梦想照进现实，靠着她在敌营出生入死为自己立下了功劳时，他又不知道该用什么态度面对远远超过他想象的她。今时不同往日了。对她，既要有对外国部长夫人的尊重，又要有对情报部下属的勉强维持的威严。她一向通透，明白自己不是完全的自己人，不能知道不该自己知道的事，她也不尴尬，只是一边微笑，一边打量着房间，想着一会儿的安排。这是一个中式装饰的房间，颇像她当年初入行进入的那个，只是有更多没有用的陈设。带盖儿的白瓷杯子，带流苏的沙发垫，像是去了北戴河。服务员被训练的很有水平，端来了茶水果盘就离开了，但是她还是留意看了一眼，真是美人，跟她的风格不同，低眉顺眼，盘着低盘发，穿着西服套裙，踩着粗高跟，气质不俗。这位服务员岁数不小了，皮肤白皙，身材丰满，低头放餐盘，却格外透出一种不卑不亢的气质，都能去当外交官了。这气势，不知是哪位或者哪几位领导床上的美人儿。

他们不住的劝她喝茶吃水果，好像吃点东西就可以体现她拿了红朝的一针一线了。这泡满了茶叶，没有过滤，喝一口就得吐出一点儿茶叶的饮茶方式，让她秒回当年跟着周先生训练时情报部内部的生活。

"他们说你是我方的情报员，我一开始还不信，他们给我看你的档案，我才觉得，真的啊。"总理和两位部长相视会心一笑，转回神儿来看着她，"你是我们派出去的，跟我们拉进来的有本质的区别。你是我们自己的同志。"

"谢谢领导。"她不是刻意少说话的。而是真的没话讲。

"今天让你过来，就是想问问你生活上有什么什么需要组织帮忙解决的？就是想关心一下你，拉拉家常。"

"谢谢组织关心，一切都好。"

"我听说你父母还住在国内啊。我们可以负责他们的医疗。"

"谢谢您。"

这次谈话，领导们给她布置的新指示，是留意预警情报，也就是未来可能会发生什么，外交的，货币的，军事的，政局的，都提前告诉红朝，以便提前作准备。

出了房间，她猛的感觉，这个走廊，从屋里往屋外看，非常像情报总部的走廊。可是屋外，没有一位周先生在等她了。没有人在这次见面提起过这个煞风景的，没有意义了的人。但是她的心头却突然涌上一股怀旧的哀伤。大概最让人怀念的人，就是死了的人。不管生前做过多少恶事，在死后，哪怕不是马上，过去一些年，当人再次想起他时，第一瞬间想到的，往往不是他的不好，而是一些共同的记忆，无论好坏，都占据了人生相当长的时间。毕竟曾经有那么多单独待在一起的时间，常常不想主观想起，却在看到一些风景时，思绪万千。

她回国见过了父母，当时不动声色，回到灯朝，马上安排人为父母办理了签证，让他们来灯国养老。她从不相信红朝会对父母多好，把父母留在红朝，迟早是待宰的羔羊。她现在是非常重要的情报员了，如果她现在反目，对红朝是莫大的损失。红朝的情报人员好像集体不知道似的，就默许了她的行为。

大的损失。红朝的情报人员好像集体不知道似的，就默许了她的行为。

第十二章 云想花想

　　她和丈夫总是站在一起，作为一对典型的政商勾结的伉俪，一起面对着这个世界。家庭方面，他们一直没有孩子。她在婚前已经堕过三次胎了，每次都是回国做的，在灯国堕胎可是能被贴上人道主义标签的把柄。他们收养了一个红朝弃婴女孩，麦先生与前妻的儿子也经常到他们的家里生活。灯国式的家庭，父母管得少。幸亏她没有亲生孩子。她不知道怎么教育孩子。这个世界这么痛苦，她本来也不想带人来到这个世界。如果有孩子，也是大棋子生下的小棋子，她会对孩子感到亏欠的。

　　至于生活作风方面，她与丈夫谁也不管谁。丈夫从没有问过她的身体为什么不是原装的。混得风生水起的女人，有多少故事啊。他现在得意了，也不敢太高调，有时候和身边的工作人员，记者有些风言风语的，也有人来告诉她，但是她永远微笑而坚定的选择信任她的丈夫。她自己对风尘没什么兴趣，凡是有给她献媚的，低级别，想靠着她上位的，她一概不理，高级别的，她就钓着。最近没什么紧急任务，用不着着急把人睡了，她的夫人身份，也足以保护自己不受登徒子的困扰。当一个人的职业就是这个时，就觉不出什么意思了。

　　父母有时候闹着要回红朝，她就找一些红朝出身的老头老太太陪着他们聊天，她现在是官员家属，家人不能再住在别的国家了。她有时会严肃地和父母讲，严肃过后，只要不回国，就一切都能答应他们。爸爸天天在家里给红朝的亲戚打电话，让他们的孩子来灯国留学，说是女儿出息了，来灯国有发展，她能给办留学，能给找工作。她真的按照爸妈的意思，像提溜螃蟹似的，把一串一串的亲戚提溜来了。她在自己身上，看到了父亲强大的基因。富贵不还乡，犹如锦衣夜行。

　　她有时候想，如果这些是她自己拥有的该有多好。她也愿意，靠自己，让家人过上好的生活。但是什么叫靠自己呢。靠身体，靠工作，哪怕特殊一点，不也是靠自己吗。可是她有时不敢面对家人。妈妈对人世看的非常单纯。她总是给她灌输着女德的思想，又要拉她去看医生，为什么不孕，还是有个孩子好，每次都是被她以如果官员太太去看不孕症，会闹出大新闻的理由打消。有时饭还没吃完，她就想逃离。

　　她太想修复和父亲的关系。但是她发现父亲变了。其实根上没变。只要她答应办事，那她就是他的好女儿。只要她说她办不了，他就骂她忘恩负义，全家供她读书，她刚出息了就不听他的了，好几次扬言要群发邮件给她老公的同事，又要跑到她老公单位门口去闹。白人老公实在不理解，女儿做得好，父亲为什么不高兴。她知道，是父亲心理失衡，觉得压不住她，自己一辈子窝窝囊囊，女儿却一飞冲天了，自己土皇帝的地位面临威胁了，才会不时闹一闹，确认自己的地位。

日子要是就这么过下去也不错，要是没有时不时与情报站人员的见面，光是自己父亲折腾折腾自己还能勉强忍受。但是不可能啊。组织是不会丢手她这条爬得高的藤的。

沈先生回了一趟国，不知道用了什么方法辞职了，但是暂时出不了境了。他的爱国协会就此没落了，网页也不更新了。其实本来也没有人关注，不过是给国内的领导看看大撒币做出的外宣成果，和在本地策反策反人，这种协会多如牛毛，给国内的人看，说是在灯国的华人协会多么厉害，实际无人问津。沈先生回去之前，只说是例行探亲，连她都不知道沈先生是要彻底的离开。露水夫妻的情缘，到底配不上一句临别之际的真心话。曾经她以为，他是不一样的那个。实则都一样。她的身子，也谈不上被占了多大便宜，多一个也不算多啊，只是没起到什么工作目的。算是和上级领导沟通感情了？她也不知道，为什么要安慰自己。沈先生的工作，被他的继任，某侨报一位谭姓主编承担了。谭先生与她的关系与之前的人不同，俨然已经是她的下级，她认为有价值的工作就会做，谭先生负责想办法配合，如果一个工作她说她做不了，上面的人也不太多为难她。她有资格甩脸子了。满心的苦闷，不耍耍横好像一肚子委屈没处撒，发一通火儿，谭先生安安静静地用外交辞令宽慰她，也起不到作用，没有办法真的安抚她。她内心苦闷的太久了。其实谭先生清楚，她再怎么耍脾气，还是得继续工作。这种找事儿，就像是孤儿向福利院抱怨工作的不足，工作人员不必太放在心上，因为孩子怎么也是离不开的。她不知道自己是对哪边更亲近。她真想和麦先生多聊聊天，可是麦先生并没有兴趣听。或者是认为，她这样的女强人，心中有几个秘密是正常的，安慰不解决问题。她已经不知道，自己真实的性格是什么样的。好像越演，这个面具就沁的越深，渗透进了她的皮肤，成了她的一部分。

麦先生习惯了自己党内宠儿的位置。她亲眼目睹了自己丈夫的变化。他变得自信了。她也已经习惯，作为他的妻子，处处为他着想，一荣俱荣，一损俱损。圣诞节之前一个周末，城市已经笼罩在过节的氛围里。她抱着熟食店当天现烤的面包和切片的低脂火鸡肉，琢磨了一下还是不去华人超市了，家里的冰箱还冻着猪蹄，反身走在回家的路上。

"麦肯锡太太，"一个她听过的男声叫住了她。她回头，是参议员沃顿先生。

"你好啊沃顿先生。"

"不好意思打扰了，方便聊聊吗？"

"方便的。"

"部长在家吗？"

"在的，和我一起来吧。"她不卑不亢，和沃顿先生讨论着假期安排，带着他回家。沃顿先生总是保持着比她微微后半步的位置。她无法判断这位工作中互相帮助，生活上却不互相关心的同事周末还要见面的原因。

她请沃顿先生在会客室坐好。沃顿的脊背挺直，穿着西装，身体的弧度非常端庄，一看就是计划好了这次见面。麦肯锡听到了声音，下楼来了。她去为两位煮咖啡。星期六，她给服务人员放了假，一般这个时候，她听着音乐做她的美食，麦先生对着放映冰上曲棍球比赛的电视屏幕发呆。

"谢谢麦肯锡太太，"沃顿出手接过咖啡。"麦肯锡太太请别忙了，您也坐下吧，今天的话题是关于您两位的。"

她坐下，余光扫了一下麦先生。麦先生也没出声。不知道值得参议员先生周末围追堵截的，是什么消息。

"两位知道，距离下一次总统大选还有两年时间。咱们现任的国务卿，桑德先生岁数到那个时候就实在是太大了。私下里说，也不怕您们知道，伯恩斯总统对桑德先生的政绩不很满意，尤其在外交和经济贸易方面。"

嗯，她听出点意思了。现在，经济贸易方面主要靠她老公。她老公对于外交方面的牵涉，也比历任商务部长多。

"红朝的关系和贸易还要继续，那么大的经济体，总不能放在一边，装成是房间里的大象看不见吧？党内的意思，下一次大选，还是最看好伯恩斯连任，所以资源基本上还是倾斜给他的多过其他候选人。伯恩斯有意向，如果他能连任，让桑德功成名就全身而退，提名麦肯锡先生您作为他下个任期班子的国务卿。"

麦肯锡比她认识他的时候成熟了。成熟还真是跟时间没有绝对关系，这几年他长进的比之前多。麦肯锡无声地微笑了，看着沃顿。

"总统先生派我来表达这个合作的愿望，也想听听您是否有意向更进一步。"

"我感谢伯恩斯总统的信任。实话实说，我对位置的高低并不太关心，不管在哪一个岗位上，我都会好好工作以对得起纳税人的供养。但如果能向前一步，拿下国务卿的位置，我将可以更好的把我的一些设想变为现实，多做一些事。"

"好的，我今天过来就是想看看您的态度。我刚才说过，今天谈论的事与太太也是相关的。您太太的实力和在红朝的影响力巨大，我们党内鼓励太太和红朝能够把关系处的更加融洽，这会是下一次大选时我们的战略方针和优势。下一次大选，风向会变。这几年的经济被折腾得不行了，我们下一次选举会着重突出我们有和红朝处好关系的能力。您的上位，重点是暗示红朝我们的政策变化。这方面，还请太太多多配合。"

"没问题，"她莞尔，"我会继续和红朝的往来。还需要做什么，我都配合。"她和麦先生确认了一下眼神。这默契被沃顿捕捉到了。

"好极了。既然是这样，我回去告诉总统。党内之后会有一系列的研究，对外表露什么信息，咱们之后再讨论。"

她送沃顿离开后回到房内，看到麦先生站在落地窗前。她走近，本想开言祝贺，麦先生一把将她揽入怀中。

"从此就不一样了……"麦先生喃喃道。抱了许久，她把自己的头从麦先生的肩膀拔开，看到麦先生眼角泛起的泪花，和他晶晶亮的眼神。

这对夫妻，原本都不配有这样的位置，但都对这样的高位思慕已久。依靠外国势力干预封侯拜相，他们怕不是第一例。

第十三章 胜天半子

　　她将此信息传递给红朝，红朝立即表示，倾尽全力扶持他们夫妇上位，只要是红朝能伸手的，包括红朝能干预的各国，都会支持伯恩斯上位。半年后，麦先生飞到红朝，表示与红朝在经济，环保，科技等各方面的友好愿望。这次出访被灯国和红朝两国媒体大力报道，麦先生的认可度已经远远超过了一个商务部长应有的，在经济继续更大幅度的进步的时刻，已经有部分民众将麦先生看作和红朝处好关系第一人。这可不是对手党愿意看到的，可是民众已经病急乱投医，听不进去 R 党反对的声音了，纷纷认为只要有工作，友好就友好。在红朝的幕后推动下，与红朝关系好的小国们纷纷买麦先生的帐，表示希望伯恩斯连任。本身伯恩斯无功无过，对手党在这次选举又没有非常有领袖气质的候选人，每一次的大选普调，基本都预测伯恩斯会胜出。

　　桑德不服气，这么大岁数还在从政的第一线，靠的就是一个倔字。可是麦先生给党内拉来了不菲的投资，支持伯恩斯选举，对此，大家都直呼豪气，他们可不知道，这钱是红朝盘剥亿万纳税人用来做境外渗透大撒币的。麦先生拉起了新的旗帜，同事们纷纷往他的阵营站位，好像是以前瞎了眼，没看出来曾经的小议员竟然是这样的潜力股。

大选过后，伯恩斯履行诺言，宣布任命麦肯锡作为他的国务卿。麦先生宣誓的当天，她的头高高的，脊背立的直直的，她知道全世界都在看着她，包括大海那一端的他们。她无暇想别的，只能继续向前，走下去。来时的路太长，经历的苦太沉重。她不能回头，也不要回头。

麦先生成为了国务卿后，牵头签下了灯国与红朝武器共同发展协议。不费一兵一卒，不花一厘一毫，红朝就得到了灯国军事科技机密，一次性帮助红朝军事科技向前进步了二十年。红朝的歼击机机头上扬的问题得到了解决，轰炸机空中加油安全性得到了提高，航母的稳定性得到了改善，两国甚至开展了几十年不遇的联合军演。红朝最精明的投资，就是培养她去灯国留学。一点一点的由科技人员往回带科技情报得用多少年，这下一次性就解决问题了，还是政治人才管用啊，出来一个就够用。

各路侨领把她当作头号可巴结的人物，亚裔节日举办各种低水平的晚会演出，都以得到她的一封贺信为荣，若是她能亲自参加，该商会或者促进会，联谊会，联合会，就会把她的照片挂在网站首页宣传。求她办事的，已经不是给钱做交易了，而是给资源。她家在红朝的亲戚，各个都仗着她飞上了枝头，在各个口子揽钱。曾经劝她父亲不要给她学费让她到首都上大学的亲戚，现在摇身一变都成了好人，都宣称是从她小时候就看出来她有出息。可惜喜欢她的人多，不喜欢她的人也多。老公毕竟不是只负责跟红朝来往的，作为国务卿，他在处理其他地域问题上，没有拿出鲜明的解决办法，虽然有些地域问题，本来也是无解，但是很多民众，尤其是来自这些世界热门地区的人们，还是拿他们撒筏子。砸到她家院子里的砖块摞一摞够盖三间北房，可是历任国务卿的家都是这样啊。她还挺享受高水平的安保的。想都没想，自己就变得这么重要了。

灯国和红朝进入了新的蜜月期。她甚至有些陶醉在自己给母国做的贡献里，认定自己真是红朝的好儿女。过往的恩怨，她此时此刻好像被人打了麻醉剂，浑然不觉了，反而觉得自己是自愿走上这条路的有功之臣。其实在历史上，有多少像她一样的人，懵懵懂懂混生活，最后被认定为英雄或是反贼，其实都不是他们多有信仰，而是历史的进程和宣传的必要。

可惜，物极必反，在繁花似锦的时候，危机可能已经在招手了。她没有意识到，她的成就动了某些第三方国家的蛋糕。在她风头正劲的时候，一条捣蛋的鱼搅浑了多年平静的水面。冰国，这个原本将红朝视作最大武器、石油贸易国的国家，因为灯国和红朝的关系缓和，最近减少了很多收入。冰国要拿她祭旗了。红朝，别以为你离开了我们冰国就能少花钱。在我这的钱，你必须花，否则，我就让你损失惨重。

第十四章　烟花易冷

　　对于她是如何暴露的，所幸她这些年在党内的人缘算是围起来了，还有人愿意透露给她。之前对手党就一直在做她的材料，通过他们资助的媒体扇风，但是却一直无法撼动她。对手党在下一次竞选前，决议将和冰国缓和关系作为他们的政策方针，派了几轮代表至冰国表示友好的愿望。冰国也期待能与灯国重新修好，于是给了对手党一个见面大礼。冰国的情报能力向来是过硬的，而且他们不止收集和他们本国相关的情报，也会收集和其他国家相关的情报，用于情报交换和形势把控。是的，她就是那个见面礼。对手党掌握了她的证据，要知道，灯国的国防和情报口的对手党人要远远多于 D 党人。没办法，建国之初就形成的格局。这下好了，对手党把她当成一个可以撕开的口子，越撕越大，牵连的人也是越来越多。党内最早也是一脸懵，连发了几个声明控诉对手党，怎奈冰国和对手党咬住不放，还把料喂给了媒体，惊天猛料在民众间炸了锅，引发轩然大波，这下实在摁不住了。

　　她真是成也冰国，败也冰国。想当年她来到灯国做的第一个工作就是策反灯国的冰国研究员，然后红朝用灯国对冰国的情报与冰国交换了灯国对红朝的情报。报应不爽。时至今日，被当作礼物的人，是她自己了。

她被灯国反情报部门传讯。前一天，她已经把父母安置在她早就用母亲名字买好的公寓里。那天早上，她为自己的丈夫煎好鸡蛋，将孩子拜托给丈夫前妻，然后静静地等反情报部门的人员来将她带走。那 48 个小时她在想什么，她后来怎么回忆也回忆不清楚了，只记得自己当时非常镇静，需要做什么她早就在脑海里预演过很多年了，所以没有任何情绪。是真的感受不到任何情绪，也听不到任何声音，只觉得需要把身边的人都安顿好。

她被带进了审讯室。房间里没什么有意思的东西，嫌疑人只需要安心想想怎么交代自己的问题。

反情报专家，一位白人老先生，给她倒了一杯水。潜伏多年的蛀虫，她的心理防线，他没有把握一定能击破。

她在红朝接受训练时，听老师讲过灯国的刑讯方式。她不知道，自己贵为国务卿夫人，是不是还是会面对。

没有。对手党再不喜欢她，智商也没有低到虐待她的肉体泄愤。说到底，事态的发展线路，还是难以预判，她还是有可能出去面对媒体的，她这张嘴，如果有出去见人的可能，还不把天说下来啊。反情报人员如果水平高，她就一点一点的吐露。她知道，D 党不可能坐视不理，否则半个党的人都得面临牢狱之灾，救她就是救他们自己。她无法判断冰国到底给了对手党什么事件的情报。她总不会不打自招，把所有事情都吐露。那样她在废除了死刑的灯国，枪毙六回都不算多。

但是反情报部门人员的能力还是超乎她的想象，冰国想和灯国重归于好的愿望，注定了她是这局的一颗死棋。冰国很聪明。她是红朝和灯国往来的第一红人。把她弄掉，灯国和红朝的关系又会降到冰点，冰国和灯国合作的机会不就来了么。所以，他们不会给 D 党留口气儿。想到这，她低头浅笑。R 党指控 D 党与红朝勾结，是境外势力影响。可是 R 党自己和冰国勾连，不也是境外势力影响么。

反情报专家从头给她讲了一个很漫长的故事。那是她的故事。

事到如今，她早已不想护着红朝，但是还是想尽力护住身边曾经对她好过的人，比如她的现任联络员谭先生，比如她知道的其他人，比如她的丈夫，还有党内那些，虽然是看中她的钱才和她一起玩儿，但是说到底不曾招惹过她的人。她慢慢地拖着，不知道谭先生已经撤离了，还是被抓了。

反情报人员疲劳审讯，他们希望她像蛤蜊吐沙子一样把所有不能让平民知道的东西都吐净。他们挖出了她百分之八十的事情，她承认了这些，但是没提的，她还是不会主动提。只要她还有内容没撂，她相信，D 党党内还是有人会出面保她的，毕竟早一分钟让反情报人员停止审讯，党内人的其他秘密还有可能保住。她还知道很多 R、D 两党勾结的事呢，她敢说，就怕反情报审讯人员不敢听。她知道，这些审讯人员是获得指令审讯她，她说出他们想知道的事，就够了。他们不知道的，她没必要说。政治上的事，太阳底下没有新鲜的。再闹大了，R 党也得出问题。这案子就可以到此了了。

最终，反情报人员最后纠结的问题，又回到了故事的开头。你为什么做间谍？因为被逼无奈，因为害怕，因为不敢反抗。总是希望拖着，把不好的结果拖下去，晚一点来，可是已经没有退路了，要么死在红朝手上，要么结束在灯国。一个平民女孩，却在两个大国的夹缝下，喘不过来气。

三天后，她的丈夫面临公开问询。麦先生否认了知道她与红朝的真实关系。他保自己，此时是最聪明的选择，否则他们会被判的更重。确实没有任何证据指向他明确知道她是红朝间谍，但是他泄露保密级别信息，接受外国势力干预，出卖国家利益，以权谋私这些之前官官相护的罪名，此刻都会被严判。

D 党确实尽力捞她了，但是实在是捞不出来，她还没出来，捞她的人又进去了。这下好了，一下就端掉了半锅的 D 党人，R 党下次竞选获胜没任何悬念了，D 党此刻需要做的是保住党的骨架，不要从下次大选起就再也没有这个党的存在从而导致第三个党的兴起。

党内部讨论，不能再为保住他们两口子而不顾选民的态度了。D 党的支持率在最新一次不完整统计中创下了历史新低，民众纷纷表示对 D 党没有信心。党最终壮士断腕，断尾求生，丢卒保车，两口子因为叛国被罢免入狱。审判席上，她平静地听着宣判，反而是她的丈夫，不住的发抖啜泣。他毕竟还是比她单纯。她这样想着。不对啊，他要是单纯，会娶她？哦，可能是他爱国吧，这毕竟是他的国家，他为背叛自己的国家感到羞愧。有机会，她特别想问问他，是真的不知道吗？但是不能问。他们能够一起出现的时候，别人都在热切期盼听他们说话。

毕竟还是比她单纯。她这样想着。不对啊，他要是单纯，会娶她？哦，可能是他爱国吧，这毕竟是他的国家，他为背叛自己的国家感到羞愧。有机会，她特别想问问他，是真的不知道吗？但是不能问。他们能够一起出现的时候，别人都在热切期盼听他们说话。

第十五章 忘川彼岸

红朝的外交部发言人在例行记者会上，皱着眉头眨巴着眼强烈谴责了灯方恶意抹黑红方编造谎言的事实，表示灯国第一夫人不是红朝间谍，红朝从未有过破坏两国关系的行为，灯国这是贼喊捉贼。台下坐着的外国媒体一脸的吃瓜表情。

助理国务卿履新国务卿了。她在狱中，也能从报纸上感受到换了水土了。新任国务卿一上台，就表示要搞整风，严肃看待与境外的关系，把红朝人民和红朝政府一分为二的看。现在冰国又成了好人了，民众把 D 党还在台上的时间，看成是"垃圾时间"，静静地等待这个政期结束，好选 R 党。D 党人现在也没心思执政了，老人们纷纷打算下次大选结束就隐退，年轻一辈也没有什么机会来了的喜悦，都打算蛰伏两届，以待来日，有律师执照的干回老本行，有大学合同的回去认认真真教书，现在可有的是时间好好教学生了。

她在狱中的生活其实相当滋润。刚入狱的时候，她觉得非常疲惫，每天都睡十几个小时，仿佛想把自己几十年的殚精竭虑都补充回来一样。睡足之后，她的精神状态比以前好多了。她有一片小花园，她每天都可以在此散步，种花种菜。她有自己的办公室，办公桌，想看任何书，英文的中文的，都可以向监狱要求。党内还是保住了她作为前国务卿夫人的最后一点尊荣。她是要死在这的。她知道。他们怕她往外咬更多的人。她不会的。对手党还不知道的秘密，她会带到棺材里。她对自己的下场相当满意了。当年签档案时，她被逼着抄下了"不怕牺牲"这样的字样。她没有牺牲。如果换过来，她是灯国派到红朝的，那可就是另一个故事了。

她和丈夫，在入狱后，反而有了之前没有的亲密。他们常常写信在监狱传递，信中吐露着对彼此的依恋。

还有的闲暇时间，她就看看电视。最近出了很多以她为题材编的电视剧，把她描绘成上天入地的女谍，一路成为国务卿夫人。这些影视剧虽然夸张，倒也对她的口味，她也跟着哭跟着笑，只是觉得这些故事跟她都没什么关系，很难引发情感共鸣。看到一个片段，她会自言自语，怎么可能，我们根本不是这样的！在演员的选择上，都是灯国出生长大的二代亚裔，笑的哭的都太夸张了，她什么时候这样咧着大嘴表露过自己的情绪。二代的亚裔，西化的太多，没办法真的理解出身红朝不可言说的牵绊。可是灯国的民众也不想了解这些啊，有剧下饭就足够了，谁有功夫思考这些间谍的内心世界，自己为生计奔忙都活的焦头烂额的，宫闱密事只是用来取乐的。国务卿，和大部分人都没有关系。只是会有中年油腻男感慨，女间谍多漂亮啊，政客表面上道貌岸然，实际上一肚子男盗女娼，艳福不浅啊。我怎么没本事，能摊上这么个美女来诱惑我。

两年后，总统换届的时候到了。这天，她照常准备一字一字地把报纸来回看几遍打发时间。闯入视线的是报纸头条：新任 R 党总统考虑特赦他们夫妻，正在综合民众意见的新闻。

她的头脑开始快速运转起来。这条新闻，让她恢复了入监这么长时间没有的清醒。她是回不去红朝了。早已入了灯国国籍，她是这里的人了。如果出去了，他们夫妻也许可以过一过普通人的生活了。还有孩子，她想好好对待自己的养女，想找一个没人认识她的地方，清清静静地过完下半辈子。她才四十多岁，却老气横秋。她感受到自己气血翻涌。血在血管里流动，这让她感觉，她的确还活着，还有很多个以后。

这条新闻让她犯了很久没犯的失眠症。她想了很多，第二天才感到累。她不晓得自己睡了多久。门外传来了开锁的声音。狱警带她去到见面室。红朝新闻社来了一位女记者探望她。自己对红朝，难道还有意义么。看来是想用她的影响力，出去以后接着作妖儿。可是她已经决定，与红朝切割了。她走进门，女记者站起来，对她表示尊重。大波浪深栗色卷发，精细描画的一字眉仿素颜美妆，一身黑色名牌时装，裸色皮手袋，靠她记者的工资是绝对买不起的。看着她，她仿佛看到了年轻时的自己。总会有一批一批的人的。她不能劝她，女记者不能承认身份。劝也没用。

两人坐定，聊了些有的没的。狱警没听出有什么值得警惕的信息。

记者走后三小时，狱警例行巡逻，路过她的监室，看到她靠着墙坐着，头上套着一个塑料袋，用鞋带将塑料袋在颈部系牢。她被发现断气了。经法医检查断定为自杀，但是没人想得通，东西是从哪来的，况且鞋带是从外部系牢的，她自己怎么能有如此大的意志力赴死。

糊里糊涂地，这一辈子就过完了。如果从一开始，被情报部威胁，她也不入此行，她此刻也许在国内，受人欺负排挤，混不出这番名头，为柴米油盐奔忙，人生照样是凄凄哀哀。她为了保全自己，保全家人走上这条路，可是到头来，什么都没能留住。想要保全的家人未能保全，组织的小家庭，从最初就是为了利用。这一切，从一开始就都是无解的。低阶层出身，怎么拼搏，也不过是工具人。没有什么好路，能给她走。读书能改变命运么，美貌能改变命运么。一代出身达到高层的人，他们能付出一生献祭，却鲜少能真正的改变命运的底色。这跟思维无关。她接受过灯国的民主思想教育，对民主比大部分出生在灯国的人还要懂。民主于她，于千千万万红朝出身的人，不是不明白，是太奢侈了。

在玉碎前的最后时刻，在一片视野的黑暗中，她脑中浮现出一生中缘聚缘散的很多人。每一个让她有意义去结交的人，和她一样，都是兜兜转转瞎忙的悲剧人物。

两个月后，红朝首都烈士陵园多了一块儿无名的墓碑，就在那儿，静静的立着。

　　红朝首都某大学教室内，坐着一位自称范先生的人，桌上摊开着国有慈善教育基金会的公函，一个一个的面试着面庞稚嫩的学子们。这种手段，经证实，确实管用。人矿，于这个自然资源匮乏的国家，最不稀缺。

卜算子

【宋】严蕊

不是爱风尘，似被前缘误。花落花开自有时，总赖东君主。
去也终须去，住也如何住！若得山花插满头，莫问奴归处。